Coordinación editorial: M.ª Carmen Díaz-Villarejo
Diseño de colección: Gerardo Domínguez
Maquetación: Jorge Timón

© Del texto: Xosé A. Neira Cruz, 2010
© De las ilustraciones: Sara Rojo Pérez, 2010
© Macmillan Iberia, S. A., 2010
   c/ Capitán Haya, 1 – planta 14. Edificio Eurocentro
   28020 Madrid (ESPAÑA)
   Teléfono: (+34) 91 524 94 20

   www.macmillan-lij.es

ISBN: 978-84-7942-627-9
Impreso en China / *Printed in China*

GRUPO MACMILLAN: www.grupomacmillan.com

ESTE LIBRO PERTENECE A:

Xosé A. Neira Cruz

EL MIEDO DE MO

Ilustraciones de
Sara Rojo Pérez

MACMILLAN
Infantil y Juvenil

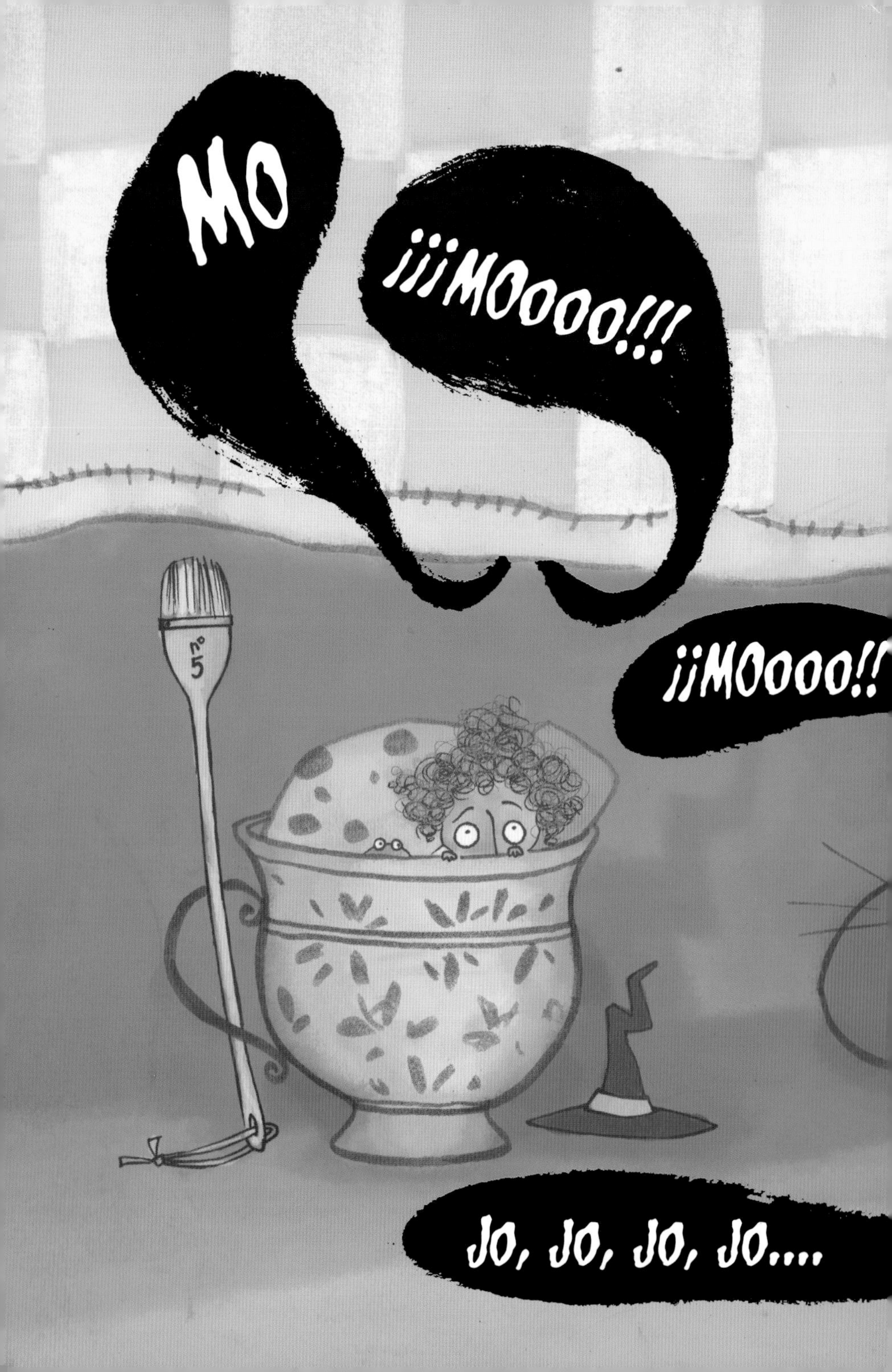
MO
¡¡¡MOOOO!!!
¡¡MOOOO!!
JO, JO, JO, JO....

Mo tiene miedo. Un miedo atroz.
Tanto, tanto miedo que, de pronto,
oye voces saliendo por todas partes:
de debajo de la cama, de encima del armario,
de dentro de los cajones de la cómoda.

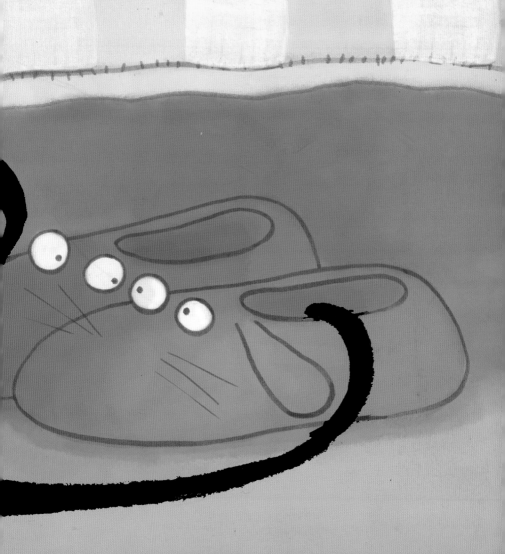

Hay voces por todas partes.

Voces profundas, como surgidas
de lo más hondo de una cueva.

Voces grimosas, como hechas de moco
que te pringa los oídos.

Voces agudas, seguidas de siniestras
carcajadas de niño.

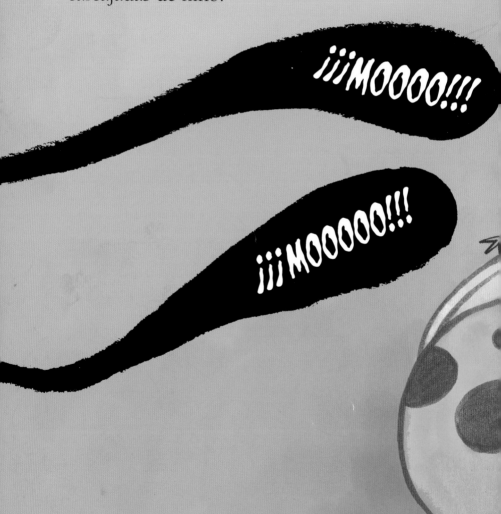

En ese momento, Mo se despierta.
Está en su cama.
Todo alrededor está tranquilo,
y solo su corazón diminuto retumba
en su pecho como un tambor alocado.
Pum-pum... pum-pum... pum-pum...

Otra pesadilla.
Mo se da la vuelta.
Ya sabe que no podrá volver a dormir
en toda la noche.
Al día siguiente tendrá unas grandes ojeras
de búho y todos se darán cuenta de
que no ha podido pegar ojo
con el miedo.

—¿Miedo a qué, querida Mo?
–preguntaría Cacatúa Desdentada,
una de sus más estúpidas colegas,
con su voz de bruja buena fingida–.
Las brujas no tenemos miedo.
Somos nosotras las que damos miedo.
No lo olvides, corazón.

El corazón de Mo ya no retumba
como un tambor alocado.

Ahora hace pum... pum... pum...
y Mo parece retomar la calma.

—¡Sí que soy una miedica!
–se dice Mo avergonzada–.
Yo no debería tener miedo. Soy una bruja.

Pero no. Mo no es una bruja:
es una brujita.

Una brujita de no más de siete centímetros
de altura.

La razón por la cual Mo no creció más
es bien sabida: se quedó encerrada
de pequeña en una taza de té.

Ser más alta o más baja no tiene mayor importancia.

Pero una bruja tiene que asustar.
Forma parte de su oficio.
Claro que, ¿cómo asustar cuando
una no mide más de siete centímetros?

Esa es la pregunta que se hacen
todas las colegas de Mo cuando la ven.

—Los niños se creerán que es un bichejo y la pisarán –sonríen unas.

—Peor que eso –remacha la gordinflona de Ana Cerdana relamiéndose de gusto–. La pisarán sin darse cuenta y se quedará aplastada como una patata frita.

—Y después, cuando la encuentren,
le engancharán una cadenita al gorro
y la convertirán en llavero.
Irá dando tumbos a todas partes prendida
en sus mochilas y acabará perdiendo
todos los poderes de tantos coscorrones
como se pegará.

—O le atarán una cuerda al cuerpo
y le darán cientos de vueltas hasta convertirla
en yoyó.

Las colegas de Mo se parten y se mondan
pensando en todas estas siniestras
posibilidades.
Son unas brujas grandes y asquerosas.

Pero por todo eso, a Mo todavía sigue
dándole pánico encontrarse con un niño.
Es probablemente la única bruja del mundo
que tiene pesadillas repletas de niños.
Niños enormes. Niños crueles y groseros.
Niños con manazas y zapatones
dispuestos a despachurrarla.

Con solo pensar en niños, el corazón
de Mo empieza de nuevo a retumbar.
Ahora hace pum-pum...
pum-pum...pum-pum.
Y eso quiere decir que la brujita
de siete centímetros de altura está
más nerviosa y atemorizada que nunca.
Una gota de sudor se columpia
en la verruga de su diminuta nariz
de bruja insignificante y asustada.

Cierra los ojos intensamente
queriendo apartar de cualquier modo
ese miedo irracional.

De pronto, alguien zarandea a Mo.

En realidad, la zarandeada es la taza de té
en la que Mo pasa las noches,
bajo la cama de Violeta.

—Mo, ¿qué te pasa?

Mo abre los ojos y comprueba
que ya es de día.

Ante ella, Violeta aparece en pijama,
justo antes de irse al baño.

Violeta no es violeta. Es una niña de color normal, y además es la mejor amiga de Mo.

Gracias a ella, Mo empezó a entender que no hay que tener miedo de los niños.

Aunque a veces sigan apareciendo terribles y amenazadores en sus pesadillas de brujita de siete centímetros de altura.

—¿Otra pesadilla? –pregunta Violeta secándole con la yema de un dedo la gota de sudor que se columpia en la punta de su nariz.

Mo asiente en silencio.
Ha sido una noche horrible.
Pero ya ha pasado.

A fin de cuentas, ella ya sabe que no hay
que tenerles miedo a los niños.
Lo ha aprendido gracias a Violeta.

Pero cuando se duerme a veces se le olvida.
Y entonces vuelven, de vez en cuando,
las pesadillas.

Las pesadillas son como recuerdos de algo que un día nos asustó mucho.

De algo que ya no existe pero que, de algún modo, se ha quedado atrapado en nuestros sueños.

—Tenemos que conseguir que dejes atrás esas pesadillas, Mo —dice Violeta con cara preocupada.

—Ya, pero... ¿cómo?

—Comiendo, y con la cuchara metiendo.

Cuando Violeta dice esto, lo que está queriendo decir, en realidad, es que es pan comido.

Que no se deje amilanar por el miedo.
Que un día todo acabará.

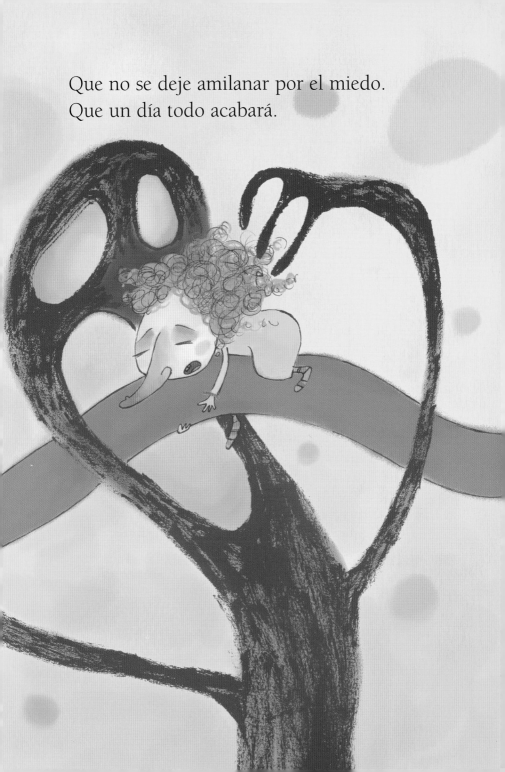

Mo lo entiende. Es una brujita lista
de no más de siete centímetros de altura.
Cuando alguien entiende algo
se tranquiliza.
Y entonces su corazón empieza a latir
de nuevo a ritmo normal:

pum... pum... pum...

A ese ritmo, Mo se va quedando sopa
dentro de su taza de té.

Cuando Violeta regresa del baño,
la oye roncar bajito.
Como roncan las brujitas de siete
centímetros de altura cuando duermen
a pierna suelta.

Violeta no hace ruido entonces.
Abre la mochila con mucho cuidado
y mete la taza de té en su interior.

Cuando llegue al cole, Mo ya estará
totalmente despejada.
Lista para encontrarse, un día más,
con sus amigos y amigas.
Así irá perdiendo ese miedo a los niños
que todavía, algunas noches,
no la dejan dormir.

Están en plena clase de plástica
cuando Mo se despierta.
Suelta el más grande bostezo que una boca de
brujita de siete centímetros es capaz de dar
y se despereza por completo.

Desde dentro de la mochila de Violeta
escucha lo que sucede en el exterior.

Oye voces de niño.
El corazón de Mo hace pum... pum-pum...
pum... pum-pum...

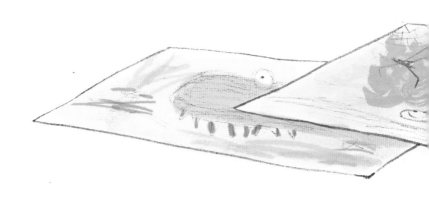

Eso quiere decir que está un poco nerviosa, pero solo un poco.

De pronto, una voz dice algo que le llama la atención.

—Violeta, ¿has traído a Mo?

—Sí –responde Violeta–, está durmiendo dentro de mi mochila.

—¿Todavía duerme? Ya es muy tarde
para dormir –dice otra voz.

—Es que Mo no ha pegado ojo esta noche.

—¿Por qué?

—Sus pesadillas, ya sabes.

—Yo también he tenido una pesadilla esta noche –dice entonces la voz de una niña a la que Mo cree reconocer.

Si no se equivoca se trata de Clara, la compañera de mesa de Violeta.

—En esa pesadilla veía a Mo enorme –continúa Clara–, convertida en una bruja mala y apestosa.

—Es que las brujas son así –añade otro niño.

    Mo percibe que la palabra *bruja*
los asusta de verdad.
Como le pasa a ella cuando escucha
la palabra *niño*.

—Ya, pero Mo no es una bruja.
Es una brujita.

—¿Tú crees que si se lo cuento a Mo
me podrá ayudar? –pregunta Clara.

—Puede –responde Violeta–. Pero ahora no.
Tiene que dormir. Está muy cansada.

Mo sonríe dentro de la mochila de Violeta.
Acaba de tener una idea. Ella y los niños
podrían ayudarse mutuamente.

En el fondo, el problema son las brujas.
Son ellas las que crean miedos infundados.
Miedos en la cabeza de Mo con respecto
a los niños. Miedos en la cabeza de los niños
con respecto a las brujas.

Pero Mo no es una bruja, es una brujita.
Las brujitas, a pesar de medir no más
de siete centímetros de altura,
pueden tener ideas enormes y maravillosas.
Además, también tienen poderes.
Poderes de brujita, no de bruja.
Mo vuelve a sonreír.
Acaba de recordar algo importante.
Algo tan importante que, como todo
lo que es verdaderamente importante
en la vida, a veces pasa desapercibido.

La mejor medicina contra el miedo
es la amistad.

Tener amigos es tan importante
como no tener miedo.
Y uno tiene menos miedo cuantos más
buenos amigos están a su alrededor.

Mo mira alrededor.
Dentro de la mochila cerrada
no hay amigos. Fuera quizá sí.
Fuera hay unos cuantos niños
que también tienen un problema:
temen a las brujas. Las brujas, ya lo sabes,
son terribles y malvadas.
Pero lo son porque creen tener el poder
de asustar.
¿Y si de pronto perdieran ese poder?

¿Y si de repente Cacatúa Desdentada colgase sus melenas rubias y deshilachadas cabeza abajo, enganchada a la lámpara del aula de plástica, como si fuera un gran yoyó gigante?

¿Y si el poncho de telerañas de la gordinflona Ana Cerdana se enredase en sus piernas y empezase a dar vueltas como una peonza loca?

Le hace tanta gracia la idea que suelta una carcajada.

—Es Mo –dice Violeta desde fuera de la mochila–. Se está riendo.

Los niños responden con carcajadas parecidas a las de Mo.

Les ha hecho gracia que la brujita despierte entre risas.

De pronto, nadie tiene miedo.

Nada en la vida da miedo si no se le tiene miedo.

Violeta abre la mochila y Mo asoma su cara de brujita tronchada de risa.

—¿Sabéis que? –dice al fin, entre hipos y carcajadas–. Acabo de descubrir que ya no me dais miedo.

—Tú a nosotros tampoco. Aunque seas una bruja.

—Mo no es una bruja. Es una brujita –corrige Violeta.

—Pero las brujas... –suspira Clara aún atemorizada.

—Las brujas... las brujas... –empieza Mo–. Las brujas o las estrujas.

—Así que temblad, brujas asquerosas...
Septiembre se acerca, el tiempo se agota.
—Septiembre, ¿por qué? –pregunta Violeta.
—Eso, ¿por qué? –repite Clara.

Ji, ji, ji...

Jua, jua, jua...

Ja, ja, ja...

En lugar de responder, Mo canturrea
por lo bajinis:

—Porque en septiembre
las brujas se juntan.

—¿Para qué? –preguntan los niños.

—¿Para qué va a ser? Para brujulear.

—Claro. Por eso el cole siempre empieza
en septiembre.

—Por eso en septiembre acaba el verano.

—Escuchad atentamente mi... ejem...
–tose Mo– mi voz melodiosa.

Que caiga en septiembre
todo lo malo
y que a las brujas
les den con un palo.
Uuuu-ah, uh-uh- uh,

Los niños cantan la canción que Mo
les acaba de enseñar.

Cantar es otra forma de alejar el miedo.

Como reír. Como soñar.

Desde lejos, muy lejos, las brujas del mundo
se sienten muy tontas.
    Septiembre, queridas, será vuestro fin.

    Tachán, tachín.